I0639102

BAYEUX

ET

SES ENVIRONS.

BAYEUX

ET SES ENVIRONS,

POËME,

Par J. B. G. DELAUNEY, Ex-constituant, Membre
du Conseil général du département du Calvados; Prési-
dent des assemblées du canton de Bayeux, et l'un des
Conservateurs du dépôt de Sciences et Arts de cet
arrondissement.

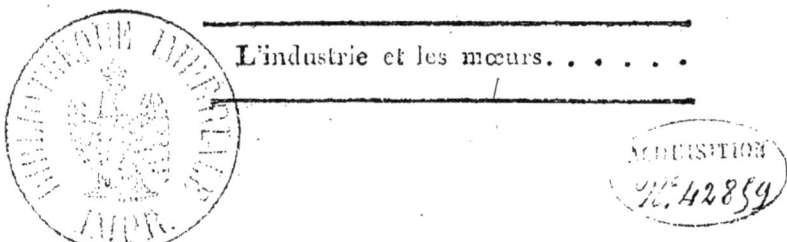

L'industrie et les mœurs. . . . . .

A BAYEUX,

CHEZ GROULT, FILS, IMPRIMEUR DU TRIBUNAL.

AN XII—1804.

Cet hommage adressé par l'auteur à ses concitoyens ne voit le jour que parcequ'il tient à un sentiment profond d'attachement et de reconnoissance. Si le cœur qui l'a dicté jouit de quelques souvenirs flatteurs, il s'honore de convenir que c'est à son païs qu'il les doit. Puisse - t - il avoir prêté, à la douceur de ses jouissances, et à la vivacité de l'intérêt qu'il manifeste, un langage propre à en indiquer tout le charme et l'abandon ! L'imagination que rien n'asservit peut décrire avec quelque avantage des scènes éloignées dans des sites inconnus ou purement fantastiques. Gênée au contraire à chaque trait, lorsque son modèle est exposé à tous les regards, la sensibilité n'en préfère pas moins de peindre les objets familiers qui captivent habituellement ses affections. Quoique ces derniers tableaux soient rarement accueillis de l'extrême indulgence dont ils ont besoin, l'auteur, cédant à plus d'une considération respectable et chère, s'est permis de les confier à la bienveillance publique. Il a osé croire qu'elle lui pardonneroit d'avoir voulu orner de quelques fleurs le sein qui l'a nourri.

Nota. Quelques passages du Poëme exigent qu'on soit prévenu qu'il a été composé dans le cours du mois de pluviôse an XI, époque à laquelle nous étions en paix avec toutes les puissances.

BAYEUX

ET

SES ENVIRONS.

〜〜〜〜〜〜〜〜〜〜

Qu'un autre, dans ses vers, dise quelles cités
Firent le bien du monde ou ses calamités !
Qu'il chante Athène et Rome, et leur pompe et leur chute !
Moins fiers, plus animés, les airs que j'exécute
Émanent de mon cœur. Je les consacre aux murs
Où mes premiers beaux jours s'écoulèrent si purs.

Tu vis, JULIOBONE, une langue appauvrie (1)
Négliger de ton nom l'antique mélodie.
Qu'importe à tes échos de rendre un son moins doux,
Si tes eaux, si ton ciel également jaloux
De féconder les champs cultivés par nos pères,
Joignent à des fruits sains des saisons salutaires ?
BAYEUX t'a succédé. Le marbre des palais
N'y fournit point d'asile à de brillans regrets.
Sur ses murs, sur les fronts la simplicité règne.
Modeste comme lui ; le ruisseau qui le baigne

N'a point à circuler sous des ponts fastueux :
L'élégance suffit où les cœurs sont heureux.

La Religion seule offre au Dieu qu'elle encense
Dans le lieu de son culte une auguste ordonnance.
Ouvrage du génie et de la piété ;
Où l'art capricieux par l'Arabe inventé
Riche de ses écarts, et brillant de tourelles
Découpe en fins réseaux ses solides dentelles !
D'autres clochers, vassaux de l'édifice - roi, (2)
N'ont pu survivre aux jours d'anarchie et d'effroi :
Ils ne sont plus. Adieu leur confuse harmonie !
Elle ne mêle plus dans l'oreille assourdie
De leurs timbres aigus les bruyans carillons
Aux sonores accens, majestueux bourdons,
Dont l'accord solennel ébranlant les nuages
Les chargeoit au Très-haut de porter nos hommages.
Pour cet usage saint, dans les airs suspendus,
Tous ces bronzes mouvans, que sont - ils devenus ?
Se sont - ils transformés en bouches homicides ?
Vous qui les regrettez, désertes pyramides,
Peut - être, à l'horizon, voyez - vous sur la mer
D'un vaisseau saluant s'élancer leur éclair ?
Pardonnons - leur, s'ils vont, gardiens de l'industrie,
Protéger ses envois, soit au sein de l'Asie,
Soit aux lieux où sous l'eau le jour va se plonger !
Qu'ils voient là sur les fronts nos tissus voltiger ! (3)

Qu'ils les voient, de là perle éclipsant le mérite,
Orner ou des Sultans l'esclave favorite,
Ou la libre créole au regard fier et doux !
Rendons par tout du lin le diamant jaloux :
L'or l'est déjà ; tant l'art, dans des tresses si fines
Distingue le talent de nos mains féminines.
Le lin est le trésor qui, sous nos humbles toîts,
Et nourrit l'indigence, et l'amuse à la fois.
Au cliquetis léger des fuseaux qui sautillent
Le cantique résonne, et les caquets pétillent.
Des récits ingénus préconisent surtout
Saint-Renobert, sa tombe, et le dragon Saint-Loup, (4)
Le Veau-d'or qu'à coup sûr restitueroient les sables
Si les Démons encor nous étoient favorables
Comme à ce Cambremer qui, pour une heure, obtint
L'honneur de les monter : fut à Rome, et revint.
L'histoire des Prélats qui bénirent la ville,
Leurs miracles, l'hiver, rendant le sol fertile (5)
De traits édifians occupent les cerveaux :
Les mains sont au travail, et les cœurs au repos.
D'une Reine autrefois nos jeunes ouvrières (6)
Reçurent des leçons. Sous leurs aiguilles fières
D'avoir de son époux à broder les combats
La laine au champ d'honneur fit voler ses soldats.
Sur la toile célèbre où brille leur vaillance
Du vainqueur d'Albion la fougue encor s'élance.
Combien de monument des siècles respecté,

B

En peignant des héros, honore la beauté!
De l'amour, parmi nous, l'ingénieuse adresse
Prompte à filer pour eux une noble tendresse,
Mît le dé de la gloire à ses doigts délicats,
Et festonna des traits que l'oubli n'atteint pas.

Heureux séjour, pourtant de pénibles images
De ton antique histoire obscurcissent les pages,
Nous - mêmes échappés à des malheurs récens,
Il a fallu gémir. Eh! parmi les torrens
Qui d'un si long déluge ont couvert la patrie;
Lorsque chacun nageoit, incertain de la vie;
Lorsque tant de talens si sublimes, si fiers
Pour l'améliorer culbutoient l'univers,
Quel cœur n'eût succombé sous leur lutte fatale?
Des révolutions la teinte sépulchrale
Entoura l'avenir. Le sentiment glacé
Sur les maux du présent, consulta le passé;
Et, lisant des malheurs que nous n'avions pu croire,
D'exagération n'accusa plus l'histoire.

Que, du temps de la ligue, on ait vu, sans remords, (7)
La rage, dans leur tombe, assassiner nos morts;
Les autels en éclats dispersés sous la hache;
Leurs ministres punis d'avoir vécu sans tache,
Et le crime voulant qu'un supplice nouveau
Fît rougir la pudeur en entrant au tombeau:

Rien ne doit étonner. Chaque siècle a ses scènes
D'horreurs et de bienfaits, de plaisirs et de peines.
Du moins n'avons-nous pas, d'épais murs entourés,
Soutenu les assauts à nos aïeux livrés.
Comme eux vaincus, réduits aux angoisses dernières,
Nos yeux en pleurs n'ont vu, du haut de nos carrières,
Au bruit victorieux de barbares concerts,
La flamme dévorante enlever dans les airs (8)
Et le toît paternel, et la couche chérie
Où nos tristes enfans avoient reçu la vie.

De ces siècles de plomb monumens délabrés (9)
Lourds châteaux, qui, d'emphase et de paons décorés,
Aimiez qu'au son du cor à vos portes hautaines
Le jeu d'un pont-levis fit retentir ses chaînes,
COLOMBIÈRE, CREULY, quels maux avez-vous faits?
Vous? et l'éternel choc de tons ces roitelets,
Qui, dans chaque village inféodant les haines,
Aux foibles comme aux forts disputoient leurs domaines ;
Et, flamboyans d'honneur, auroient mis tout en feu
Pour punir un limier lancé sans leur aveu?
Dans ce noble fracas de gothiques querelles
Où de l'humanité les foibles étincelles
Au souffle des partis s'éteignoient en naissant,
Que l'élan d'un cœur pur étoit intéressant !
Tel on est consolé lorsque, au sein de l'orage,
L'œil du jour se fait voir à travers un nuage.

A Valogne, endormi dans ses jeunes amours, (10)
Du plus grand de nos Ducs on menace les jours.
Il trompe les poignards. La lune qui l'éclaire
Guide à travers les Veys sa fuite solitaire.
Celui qui doit dans Londre, un jour, dicter des lois
Par ses vassaux proscrit, sans ressource, aux abois,
Désarmé, demi - nu tremble au bruit d'une feuille.
Au pié du mont de Rye, un ennemi l'accueille,
Ordonne que pour lui son château soit ouvert ;
Rougit de conspirer, le console et le sert.
Gloire aux cœurs généreux qui des guerres civiles
Éludent les forfaits ! Procurer des asiles
A l'errante vertu que poursuit le malheur,
C'est en être à la fois l'émule et le vengeur.

Ils sont passés, ces temps d'intrigues féodales !
Leurs échelles d'orgueil, leurs bassesses rivales
Sont détruites. Ainsi des fastueux Césars (11)
Les titres, sous nos piés, sont dans la terre épars.
La bêche repoussée, en creusant ses entrailles,
A l'œil du curieux découvre ces médailles,
Ces cippes où les noms de dix peuples vaincus
Pour honorer un maître à leur honte étoient lus.
L'antiquaire rêveur s'instruit dans nos décombres.
Des siècles entassés il sous - pèse les ombres.
Le poëte s'émeut. Gaulois, Romains, Saxons,
Oppresseurs, opprimés, colliers, faisceaux, blasons,

Tout dort. Du vieux château la taciturne enceinte (12)
Expire. Par degrés j'ai vu sa gloire éteinte.
J'ai marché sur ses tours, erré dans ses fossés :
Tels qu'un songe bientôt ils vont être effacés.

Aux sombres souvenirs de meurtre et d'escalade
Vont succéder les jeux. La douce promenade
De tilleuls ombragée appellera nos pas,
Nos bonnes, leurs enfans, et leurs rians ébats.
Là, les foires viendront, disposant tous leurs rôles,
Dresser leurs pavillons ornés de banderolles.
Là du jeune coursier le superbe dédain,
Le cadeau de l'amant, le hochet enfantin,
Du charlatan doré le costume fantasque,
Le parasol du chantre, et son tambour-de-basque,
La mode, ses couleurs, ses plus récens atours,
Le gain et le plaisir brilleront au concours.

Félicité, salut ! aux lauriers d'un grand homme
Sont suspendus des fruits d'où déjà coule un baume
Qui réchauffe le cœur et rafraîchit les sens.
Tels, quand de FORMIGNY les côteaux triomphans (13)
De l'étranger vaincu virent les espérances
Dans leur sanglant ravin expirer sous nos lances,
Nos aïeux, tout l'empire, enivrés du succès
Déposèrent le deuil, et chantèrent la paix.
La paix ! qu'elle a de prix ! si la terre est contente,

Le ciel aussi va l'être et combler notre attente.
Quel bien , quelles douceurs nous étoient dérobés

Nous qu'auroient satisfaits quelques abus tombés !
Faut-il, pour balayer quelques grains d'ineptie ,
Que l'impétueux vent de la philosophie
Sans mesure, sans choix , d'un tourbillon égal
Ait roulé dans la boue et le bien et le mal ?
Je sais qu'il est des vœux au-dessus de nos forces
Qu'envain du sentiment les mystiques amorces
Divinisent aux yeux d'un enfant de seize ans.
Comme la terre , hélas ! la ciel a ses romans. (14)
Étoit-ce une raison de briser ces asiles (15)
Où de pieuses sœurs au monde encor utiles
Surent de leurs vertus doter le jeune objet
Qui d'un honnête amour vous inspira l'attrait ?
A des vœux éternels dérobons les vestales ,
J'y consens. Que leurs yeux, sans causer de scandales,
Puissent, après un temps à Dieu seul consacré ,
Reporter dans le monde un regard assuré ;
Mais rouvrons aux vertus leurs paisibles écoles.
Sans appui désormais , dans des cercles frivoles ,
Où se réfugieront la chaste épouse en pleurs
Qu'offensent d'un mari les cruelles erreurs ,
La timide orpheline , et l'âge vénérable
Qui d'enfans disparus n'entend plus à sa table
Les propos animés, le ris consolateur ?

C'est à la piété d'adoucir le malheur.
Vierges, qui nous donniez dans le plus saint des temples
D'une active pitié les généreux exemples,
Quels maux par vous soignés pourroient-ils oublier
Combien étoit béni le zèle hospitalier,
Qui, telles qu'une mère ou qu'une tendre amante,
Vous faisoit secourir l'humanité souffrante,
Et, jusqu'au dernier souffle allégeant ses douleurs,
Environnoit son lit d'espérance et de fleurs !
Ainsi, dans vos lieux saints, l'innocente jeunesse,
L'âge des passions, les chagrins, la vieillesse,
La mort même trouvoient un précieux abri :
Candeur, leçons, bienfaits, pitié, tout est flétri !

Si le sexe est privé de ces sages lycées,
Les jeunes gens, du moins, raniment leurs pensées.
L'étude encor sensible au désir de briller
Va rallumer sa lampe. A sa voix, l'oreiller
Moins jaloux de mollir sous une oreille oisive
Lègue aux muses le soin de la rendre attentive.   —
Bientôt s'agiteront sur ses trônes latins
La gloire de l'enfance et ses légers chagrins.
L'imagination dans nos fraîches contrées
Va, déployant l'éclat de ses ailes dorées,
Tout orner, tout vernir de ses brillans reflets.
Oui ! l'olympe, ses Dieux, ceux des eaux, des forêts
Renaîtront aux accens du cygne de Mantoue.

Avec l'instruction quand l'illusion joue,
Le travail disparoit, l'étude est le bonheur.
Poëtiques hameaux, vos noms pleins de douceur
N'ont rien qui ne se prête à la langue des grâces.
MONCEAUX, VAUSSIEUX, SULLY, par d'imposantes masses
Ou d'arides rochers menaçant vos vallons,
Vous ne rebutez point l'œil ami des gazons.
Dans les rians détours de vos pentes fleuries,
Lorsqu'un livre à la main les muses recueillies
Promeneront en paix leurs pas inobservés,
Peut-être à des desseins par le plaisir lavés
L'érotique pinceau de quelque jeune Apelle
Confiera le bosquet que l'amour lui rappelle.

Heureux le goût des arts qu'un site gracieux (16)
Environne d'aspects doux au cœur comme aux yeux !
Il fuit ces champs unis où glissant terre - à - terre
L'esprit vide promène un ennui circulaire.
Non qu'il n'ose, content d'un timide vallon,
Déployer dans l'espace un sublime abandon.
De cent tableaux lointains le riche amphithéâtre
Fourmille de beautés dont il est idolâtre.
Mais c'est du haut d'un mont qu'il aspire à plonger.
Dans le vague des airs viens avec moi nager,
Jeune disciple, viens. MARONNES, FRESNAY, COMME
Appellent tes regards. Là, contemple ; sois homme,
Électrise ton âme, et, la poitrine en feu,

Enivre - toi d'Homère, ou respire ton Dieu!
Cette mer, ces vaisseaux, ces phares d'où la Seine
Aime encor vers Paris que le flot la rentraine ;
Et plus près, sous nos piés, cette variété
De vergers et de bois ; tout ce sol parqueté
De hameaux marians l'agréable et l'utile,
Et le trident sacré qui domine la ville, (17)
Et ces plans fugitifs où s'égarant enfin
L'œil se perd près d'AVRANCHE en un voile argentin.

Quel rideau ! quels trésors ! oh ! que si l'industrie
A leur rural attrait désormais s'associe ;
Si ce que de la terre obtient l'agriculteur
Peut dans les mains de l'art décupler sa valeur ;
Si l'Anre avec sa sœur de leur onde quinteuse (18)
Ne font plus refluer la course ténébreuse ;
Si dans PORT cent vaisseaux viennent se disputer
Ce qu'aux fruits de nos champs l'art promet d'ajouter,
Quel païs fleurira plus riant, plus utile !

Plein de ce rêve, un jour, je sommeillois tranquille
Près de cette éminence où le même canal
Voit et la Drome et l'Aure allier leur cristal.
« O Nayades, disois-je, ô vous qui du BOCAGE
« Prolongez jusqu'à nous la fraîcheur et l'ombrage,
« Vous qui fières d'avoir, l'une, vu le bon goût (19)
« Applaudir dans MONDAYE aux talens de Restout,
« L'autre dans BALLEROY vu les brillans génies

C

« De Mansard et le Moine exercer leurs magies ,
« Pourquoi, limpides sœurs , quand vos vallons jumeaux
« Ravis de s'embrasser réunissent leurs eaux ,
« Pourquoi, dis-je , d'Alphée imitant le caprice ,
« Faut-il que sous mes piés leur cours s'évanouisse ?
« Du beau fleuve espéré que vous faisiez prévoir
« Quel prestige soudain dérobe le miroir ? »

Au vrai que je cherchois le cortége des songes
Vint insensiblement unir quelques mensonges.
J'imaginai percer dans ces sentiers secrets
Où l'onde en murmurant provoquoit mes regrets ,
Je suis de longs détours ; là , d'un air inflammable
La légère clarté sur des parquets de sable
A travers les rochers m'aidant à pénétrer ,
En me caressant l'œil , m'invite à m'égarer.
J'entre dans une grotte où mille stalactites
Mélangent leurs cristaux à l'éclat des pirites.
Une table champêtre attire mes regards.
J'y distingue parmi différens mets épars
Cette pâte onctueuse à la teinte jonquille ,
Don que nous fait d'Io la féconde famille ,
Mets simple et délicat dont la suavité
Fond savoureusement sous le palais flatté.
Au transparent éclair qui s'échappe d'un vase
Je vois en fusion flamboyer la topaze ;
Le vin le plus vanté, le nectar est moins doux.
« Ah ! dis-je avec ivrèsse, oui ! ces biens sont à nous ,

« Oui ! l'arbre de nos champs, l'herbe de nos prairies
« Présentent ces trésors à nos lèvres ravies ! »
A ces mots, entendant un murmure léger,
Je vois dans un bassin l'Aure et sa sœur nager.
L'une d'elles me dit : » Sous cette longue voute
« Surpris de nous voir fuir, ne le sois plus ; écoute.
« Le lieu qui t'a vu naître, ISIGNY fut long-temps
« Affligé de se voir enlever ces présens.
« C'est nous qui l'en privions. Sur ses terres noyées
« Trop orgueilleusement nos ondes déployées
« Formoient entre ses monts un lac majestueux.
« Mais regrettant de nuire à des troupeaux nombreux,
« Le sein humilié de ce que la pelouse
« Nous adressoit sans cesse une plainte jalouse,
« Nous dîmes : vers la mer pourquoi ne pas chercher
« Un moins nuisible accès ? Nos pleurs à ce rocher
« En demandèrent un ; et nos pleurs l'amollirent.
« Lentement néanmoins ses entrailles s'ouvrirent.
« Des siècles ont aidé nos travaux assidus.
« Souvent, nous égarant dans des sentiers perdus,
« Par d'obliques circuits nous repliant sans cesse,
« Filtrant avec douceur, heurtant avec rudesse,
« Nos ondes, en creusant ce labyrinthe obscur,
« D'entre la mer et nous ont franchi l'épais mur.
« Aujourd'hui si, parfois, le torrent des orages
« Vient de son eau fougueuse obstruer nos passages
« Et, d'un flot destructeur souillant notre ancien lit,

« Renouvelle le lac que nous avions détruit,

« Si, surtout, il vient fondre aux jours où le solstice

« Avertit le faneur que partout la faux glisse;

« Qu'il est triste pour nous de nous voir imputer

« Des malheurs que nos soins s'efforcent d'éviter!

« Nous! qui désirons tant que de dessus nos têtes

« Disparoisse la roche opposée aux tempêtes!

« Quand sa chute est le but où tendent tous nos pas,

« L'homme ingrat nous voit faire et ne nous aide pas! »

Frappé de ce reproche, à l'instant je m'écrie :

« Nayades, pardonnez, croyez que notre envie. . . »

J'allois continuer, le réveil m'interrompt.

O vous qui gouvernez, réparez cet affront;

Il est honteux qu'à l'art le fasse la nature.

Des canaux qu'elle creuse achevez l'ouverture.

Le limon infecté qu'apportent les torrens,

Sur le gazon flétri les miasmes errans,

L'inactive marine engourdie au rivage,

Tout, d'un commun accord, vous prescrit cet ouvrage.

Que ne puis-je, en mes chants devançant l'avenir, (20)

Déjà bénir la main qui daignera fournir

Aux troupeaux un rempart, aux vaisseaux un asile!

Ce n'est plus maintenant par un éclat stérile

Qu'à nos yeux éblouis brille l'autorité.

Un goût sage partout veut que l'utilité

Aux festons des beaux arts unisse sa guirlande.

Que l'anglaise Arachné sur nos rives descende! (21)

Que, de nos tisserands secondant les travaux,
Son doigt fasse mouvoir des forêts de fuseaux !
Que le puissant se prête aux soins économiques !
Qu'il veuille ! et qu'à sa voix d'adroites mécaniques,
Mettant de toutes parts les élémens en jeu,
Fassent s'occuper l'air, et travailler le feu !
Que l'eau meuve, charie ; en un mot que tout prenne
L'activité de l'homme et partage sa peine !
D'un magique pouvoir, à chaque pas frappé,
Adieu pour moi les jeux des vallons de Tempé !
Les Nymphes, les Sylvains animans ses prairies
Pourroient - ils balancer nos utiles féeries ?

Tout par nous stimulé fermente, fume, agit ;
Ici s'enfle le vent, là l'écluse jaillit.
La Seule en se jouant garnit le filigramme
De la feuille légère où s'épanche mon âme.
Ingénieuses eaux, de Malherbe autrefois (22)
Vous vous ralentissiez pour écouter la voix.
Puisse son talisman glissé dans votre ouvrage
Rendre mes vers plus doux, leur accent moins sauvage !
Qu'ils disent par l'effort de quels puissans léviers,
Pour venir de sa flamme échauffer nos foyers,
Le pavé des enfers à LITTRY s'émerveille
D'être enlevé des lits dans lesquels il sommeille !
Qu'ils disent quel poumon, par sa vive vapeur (23)
Soulevant de ces bois l'énorme pesanteur,

Ces organes de fer, et ces muscles de cuivre,
A de notre intérêt reçu l'ordre de vivre !

Si nos hautains aïeux reclus dans leurs dongeons
Avoient de l'industrie écouté les leçons ,
Quelle source de biens ils nous eussent laissée !
L'homme ; qui maintenant d'une utile pensée
Guide l'élan fécond vers d'honorables gains ,
Ne craint pas que les arts avilissent ses mains.
Il est noble à nos loix d'asservir la nature ;
L'or qu'en reçoit le pauvre est un bienfait qui dure.

Comblés de pareils dons que nous manqueroit - il ?
Un ciel doux , d'heureux champs , un air pur et subtil
Au vieillard qui s'affaisse administrent encore
Des traits intéressans que la gaîté colore,
Pronostic fortuné pour le jeune homme ardent,
Pourvu qu'à son début un feu trop pétulent,
De précoces plaisirs , ou le cri de la guerre
Ne viennent l'enlever aux tendresses d'un père !
Quels attraits dans ses sœurs ! Non ! nulle part, un sang
Plus beau, plus animé de leur sexe touchant
Ne nuança si bien les formes adorées.
Voyez quand de l'hiver les agiles soirées
Ouvrent à la beauté les tournois du plaisir,
Chaque œil est un éclair , chaque pas un zéphir.
Des grâces de la ville à celles des campagnes
Si le cœur fait sa ronde : amour, que de compagnes

Tu te plûs à former pour des époux heureux !
L'élégant bavolet est si voluptueux !
Fière de son cheval, un genou sur la selle,
Regardez comme Annette en sa course étincelle ;
Comme son teint piquant fait pétiller l'esprit
Du citadin qui lorgne et du manant qui rit !

Hélas ! il fut un temps où, né pour la tendresse,
Offrant mon grain d'encens, je chantai son ivresse.
Qu'elle est douce quand l'âme aux piés de la pudeur,
N'ose, en le désirant, y cueillir le bonheur !
Quelques profonds que soient les traits qu'amour imprime,
Le plus ineffaçable est celui de l'estime.
Ce qu'elle m'inspira dans un âge agité
Fait encor dans mon sein vibrer la volupté.
Ah ! l'Aure s'en souvient. Sur ses bords en silence
Les chênes du MESNIL souvent d'une romance
Virent mon cœur, mes yeux, tous mes sens occupés.
Et vous, heureux bosquets brillamment découpés,
Labyrinthes chéris, délicieux dédales,
SOMMERVIEU, tendre asile, où cent jeunes rivales
Viennent, les jours de fête, à l'envi remporter
Des prix qu'un jour peut-être il faudra regretter ;
Doux Paphos, sur tes bancs, dans tes fraîches allées,
Ma joie et mes douleurs se sont souvent mêlées
Aux concerts des oiseaux, aux soupirs des amans.

Adolescens heureux, des danses du printemps,
De ses rians festins n'écartez la sagesse.
La parure des mœurs embellit l'allégresse.
Vous, ministres du ciel, à qui sont confiés
Les soins de relever nos cœurs humiliés,
Craignez d'en exiger de trop durs sacrifices.
Le zèle a ses excès; loin de vous ses caprices;
Qu'il soit calme, sensible; et que de l'Éternel
Le pouvoir en vos mains ne soit que paternel.
Le délicat emploi de diriger une âme
Doit long-temps balancer la louange et le blâme.
À quelque culte, hélas! que soient soumis nos cœurs,
L'erreur a ses vertus, la vertu ses erreurs.

Souvent sur la colline où régnoient les Druïdes (24)
Je crois entendre encor leurs accens homicides.
Là, chargés par les Dieux d'éclairer les mortels,
Leur morale étoit pure et leurs rites cruels.
Le front grave, imposant, l'attitude sublime,
Il me semble les voir épouvanter le crime,
Prêcher l'amour de l'ordre et le respect des Dieux.
Mais, ô moment fatal! le soleil dans les cieux
Vient de marquer la place où s'arrête l'année;
Son char va remonter. La ville consternée
Attend l'ordre du ciel. Ses dons ou son courroux,
Ce soir, vont-ils tomber sur le peuple à genoux?

La nuit vient. L'Aure alors admiroit sur sa rive (25)
L'éclat de ce palais dont la voûte plaintive
Engloutie aujourd'hui murmure sous nos piés.
Antour du péristile incertains, effrayés,
Le front ceint d'ornemens, les yeux baignés de larmes,
Nos aïeux, au milieu des flambeaux et des armes,
Attendent de PHAUNUS le Pontife sacré.
Les bois l'ont vu partir de sa pompe entouré :
Il vient ; et se plaçant sur un trône splendide :
« Peuple, dit-il, le temps dans sa course rapide
« A ramené l'époque où le gui par nos mains
« Doit être encor cueilli pour le bien des humains.
« L'auguste serpe est prête. Ah ! pourquoi vos ministres
« Sont-ils, pour écarter des présages sinistres,
« Asservis au devoir de vous purifier ?
« Les Dieux sont mécontens : Le peuple tout entier
« Par des crimes secrets a provoqué leurs haines.
« Ils veulent que du sang coule au pié de leurs chênes,
« L'un de vous doit périr. Et, dans nos bois, au sort
« Nous allons demander sur qui plane la mort.
« Point de cris, point de pleurs. Nous y sommes sensibles ;
« Mais les Dieux sont jaloux, mais les Dieux sont terribles ;
« Murmurer est un crime. Allons : c'est à vos chants
« De détourner le coup sur le front des méchans. »

    A ce décret lugubre un lugubre silence
Succède. Tout frémit. Le crime, l'innocence

                                        D

Pâles, épouvantés n'osent se regarder,
N'osent gémir. O Dieux ! Dieux, daignez leur aider
A monter la colline, à supporter la vue
De cet appareil saint qui d'avance les tue !
Par des degrés de marbre, au bord de l'eau rendu,
D'une main y puisant, l'autre bras étendu,
Des expiations le Pontife s'acquitte,
Parle aux astres, se tait, s'agenouille, médite,
Se relève ; et du chant, du lamentable chant
Entonne le prélude. On le suit. L'air glaçant,
Les larmes de la neige aux arbres suspendues,
Le flambeau de la nuit égaré dans les nues,
La mourante clarté de ceux qui vers le mont
Dirigent le cortége, en un effroi profond
Achèvent de plonger tous les rangs qui s'y traînent.
Vers l'obscur orient quelques pleurs se promènent
Reverra - t - on l'aurore ? ou le jour éclipsé
A - t - il fui pour jamais ? Le destin courroucé
Va peut - être frapper un mortel qu'on révère,
Un ami de l'enfance, une sœur, une mère ?
Peut-être le couteau menace du bûcher
_ Celle. . . ô Dieux! Non cruels, gardez-vous d'approcher
Gardez-vous. . . La trompette à la contrée annonce
Qu'on arrive. Les vents osent seuls en réponse
Exprimer le murmure et l'effroi des esprits.

L'urne terrible atteinte, et tous les noms inscrits,

Sous l'arbre de la mort, sous un if taciturne
Le Pontife s'avance. Il bénit, remplit l'urne,
Lève les yeux au ciel, sollicite les Dieux
De ne point se venger sur un sang précieux ;
Rappelle les pervers aux devoirs qu'ils oublient,
Et pardonnant enfin les forfaits qu'ils expient, . . .
Un nom haï paroît . . . Oh ! de dedans les cœurs
Quels poignards arrachés ! les Dieux consolateurs
Vont frapper l'homme injuste ! On s'embrasse, on s'accable
Du bonheur de sortir d'un rêve épouvantable.
Versant l'ambre à plein verre, on va revoir encor
Dans les branches du gui briller la serpe d'or,
Et, de ce don sacré la tête couronnée,
Dans de nouveaux plaisirs recommencer l'année.
Les cris de la victime ont beau frapper les airs,
Les flambeaux agités, les danses, les concerts
Des champs purifiés préparent l'abondance.

Rite affreux ! jeux cruels ! détestable espérance !
Béni soit le mortel qui de plus douces loix
Vint donner, le premier, la leçon dans ces bois,
Osa lever la hache, et de leur ombre affreuse
Débarrassa la terre ! Une lumière heureuse
Sur ses flancs découverts à peine eut resplendi,
Le parfum de ses fleurs fut du ciel applaudi.
Ce n'est pas qu'aujourd'hui cette colline sainte,
Au consolant espoir n'unisse encor la crainte ;

Mais, parmi les tombeaux, dans le recueillement
Si la religion y parle au sentiment,
Si d'erreurs en secret l'âme gémit froissée,
Aux remords comme au ciel la vengeance est laissée
Dieu seul un jour l'exerce; et de pieux mortels
Du droit plus doux d'absoudre entourent ses autels.
Sol à jamais béni, des vrais biens sois l'asile,
Offre au cœur qui les cherche, et la raison docile,
Et la paix conjugale, et l'amour fraternel,
Et la pure amitié réunissant leur miel.

O, mes concitoyens, au sein de l'harmonie,
D'un coloris céleste embellissons la vie.
Sur ses momens trop courts aux moissons du travail
Des fleurs de la vertu joignons l'heureux émail.
L'industrie et les mœurs sont deux mines fécondes ;
Enrichissons - nous y. Faut - il dans les deux mondes
Aller cueillir les fruits de la prospérité,
Imiter nos rivaux ou punir leur fierté ?
Que le jeune homme y vole et se couvre de palmes.
Que, noble, généreux, son cœur pur, ses yeux calmes
Brillent également chez des peuples sans loix,
Au milieu d'un sénat, ou dans la cour des Rois!
Semblable au sage ALAIN, l'honneur de nos annales, (26)
Puisse - t - il mériter par des vertus égales
Que des divinités caressant son sommeil
A sa bouche décente offrent un prix pareil !

Vous , sexe intéressant , jeunes enchanteresses ,
Délicieux écueils qu'assiégent nos foiblesses ,
Sur vous-mêmes veillez. L'encens pour vos appas
Brûle au sein d'amans vrais ; mais il est des ingrats,
Fuyez-les. Non qu'en vous , moraliste sévère ,
Je n'aime à voir briller le désir de nous plaire ;
Dieu fit de ce désir un droit de la beauté.
Son trône est la pudeur, son sceptre est la gaîté.
D'un modeste enjouement que la grâce ingénue
Porte au cœur le plaisir dont s'enivre la vue !
L'écharpe de l'aurore et le dais d'un beau soir
Suspendent l'âme aux cieux. Voyez votre miroir,
La vertu qui sourit donne un céleste exemple :
Égayer la sagesse est décorer son temple.

F i n.

NOTES.

(1), Page 7 , vers 7.

Tu vis, Juliobone, une langue appauvrie.

JULIOBONE est un des anciens noms de la ville de Bayeux. Voyez la géographie latine de Baudrand, aux mots *Boiocæ* et *Baiocasses*, où il dit : *Baiocæ seu etiam Baiocum, urbs gallia quæ olim Biducasses et JULIOBONA biducassium, nunc BAYEUX dicta, etc...* et plus bas : *Bajocasses populi fuere Galliæ celticæ ... nunc...* le diocèse de Bayeux. *Eorum verò caput Baiocæ, seu JULIOBONA.*

(2) Page 8, vers 9.

D'autres clochers vassaux de l'édifice - roi
N'ont pu survivre aux jours d'anarchie et d'effroi.

Rappeller que la ville comptoit naguères, dans son sein, vingt-un clochers subalternes, tant d'églises paroissiales que de Maisons religieuses, ce n'est pas dire qu'elle eût besoin de ce nombre réellement excessif. Ce qui regarde la

sonnerie de la Cathédrale n'a rien d'exagéré : c'étoit la
plus belle de toute la province. Il est certain que, dans
les grandes fêtes, lorsque, dès quatre heures du matin,
elle venoit à interrompre le sommeil des habitans., rien
n'étoit plus propre à verser dans leur âme cette touchante
et religieuse mélancolie dont une conscience calme aime
tant à ressentir les effets.

(3) Page 8 , vers 26.

Qu'ils voient là sur les fronts nos tissus voltiger.

La dentelle occupe les femmes assez avantageusement;
mais il est à regretter que les hommes en soient réduits à
ne travailler que pour la consommation intérieure. Nulle
fabrique en grand n'y occupe les bras. Une seule excep-
tion à faire, encore est-elle très-bornée, est l'article de
la tannerie qui fournit quelque chose au dehors. Le métier-
à-bas procuroit autrefois quelques objets d'exportation :
aujourd'hui, rien. En général les hommes ne sont pas occupés comme ils pourroient l'être.

(4) Page 9 , vers 12.

Saint Renobert, sa tombe et le dragon Saint-Loup,
Le Veau d'or qu'à coup sûr restitueroient les sables
Si les Démons encor nous étoient favorables

Comme à ce Cambremer qui , pour une heure , obtint
L'honneur de les monter ; fut à Rome et revint.

Le tombeau de St. Renobert a été grandement vénéré
par le peuple. Situé dans l'église St. Exupère , et resté
ouvert jusqu'au temps de la révolution, la multitude étoit
persuadée qu'inutilement on se seroit efforcé de le remplir.
Une chasuble du Saint , conservée cinq ou six cents ans
dans son sépulcre , est un second objet d'admiration qui
ajoutoit au respect pour sa tombe.

Saint Loup , autre évêque de Bayeux , a laissé le souvenir d'un service important. Un monstre ravageoit les
environs de la ville. En vain la forêt dont elle étoit envi-
ronnée fut long-temps parcourue par les hommes les plus
vigoureux , les plus adroits ; l'animal échappoit aux uns,
dévoroit les autres , remplissoit toute la contrée de terreur.
A peine le Saint parut , la bête docile se laissa lier de son
étole.

Le Veau d'or étoit , du temps du paganisme , une idole
adorée, dit-on , dans l'emplacement du ci-devant prieuré
de St, Vigor. Une vieille tradition suppose cette divinité
ensevelie dans les carrières situées à peu de distance. N'é-
tant pas de nature à être méprisée , quelque bon chrétien
qu'on puisse être, nos bonnes gens ne cessent d'en parler
avec complaisance. Des malheureux s'avisèrent , en 1763 ;
de faire des fouilles pour découvrir le prétendu trésor.
Deux d'entre eux périrent ensevelis sous les sables. Cet accident a détruit l'esprit de recherches ; et aujourd'hui, ce

E

qu'il y a de plus sensé parmi les simples, est d'accord qu'il n'y a rien à espérer sans le secours du grimoire.

Nul doute que c'est de ce livre dont le chanoine de Cambremer se servit, en 1537, pour son fameux voyage. Les grand-mères racontent que, dans le neuvième siècle, les chanoines eurent, un jour, la méchanceté de tuer leur prélat ; qu'en conséquence, eux et leurs successeurs furent condamnés à envoyer, tous les ans, un des leurs à Rome, pour y chanter l'épitre de la messe-de-minuit. Le tour du chanoine de Cambremer venu, il ne se presse pas. La veille de Noël, la nuit même le surprennent encore ici ; l'office de la cathédrale est déjà commencé, qu'il ne s'inquiète pas davantage de sa mission. Enfin pourtant, réprimandé par ses confrères, il y songe, marmotte je ne sais quoi, fait paroître le Diable, l'affourche, arrive à Rome, chante son épitre, pénètre dans les archives, brûle le vilain acte obligatoire, revient comme il est allé, se montre dans la cathédrale avant que l'office soit fini ; et reçoit l'accolade des chanoines fort satisfaits de leur délivrance.

Si l'on a lieu d'être émerveillé de cette course, on ne le sera guères moins du distique latin que la maligne monture fit, dit-on, à son cavalier en passant par dessus la mer de Toscanne. Heureusement le chanoine, qui savoit ce qu'un signe de croix opère sur le Diable, craignit de le voir dis_ paroître d'entre ses jambes, et se garda d'obéir. Voici l'œuvre infernale. Lisez lettre pour lettre, de gauche à droite

ou de droite à gauche, peu importe ; vous trouverez toujours les mêmes mots.

Signa te, signa, temere me tangis et angis ;
  Roma tibi subitò motibus ibit, amor.

Ne me harcèle pas, signe - toi, téméraire,
Signe - toi; sur le champ, Rome accourt pour te plaire.

Ce genre de vers inutilement essayé dans notre langue
y est impossible. Peut - être ne sera - t - on pas fâché d'en
trouver ici un foible exemple tiré des Fabliaux du treiziè-
me siècle. Le mécanisme rétrograde n'y est qu'imparfait,
puisque c'est mot pour mot, et non lettre pour lettre, que
la lecture inverse peut avoir lieu.

> Amours est vie glorieuse,
> Tenir fait ordre gracieuse,
> Maintenir veut courtoises *mours* * :   * *mœurs*
> Mours courtoises veut maintenir,
> Gracieuse ordre fait tenir ;
> Glorieuse vie est amours.

Par Baudoin de Condé.

(5) Page 9, vers 18.

Leurs miracles, l'hiver, rendant le sol fertile.

Entr'autres ceux de St. Gerbold. Ce pudique prélat vi-
voit en Angleterre avant sa promotion. Excédé des aga-
ceries d'une Dame de cette contrée, il s'enfuit et traversa
la mer sur une meule de moulin. On étoit en hiver. La
verdure printannière, dont se couvrit immédiatement le
village où il descendit, fit donner à cet endroit le nom de
Ver sous lequel il est toujours désigné. Nommé depuis
Evêque, et faisant pareillement son entrée en hiver, son
passage fit éclore, dans une pièce de terre située près des
faubourgs, une quantité de fleurs si considérable, que les
spectateurs donnèrent à cette pièce le nom de Champ-Fleuri
qu'elle conserve encore. Voyez M. Hermant; histoire des
Evêques de Bayeux.

(6) Page 9, vers 21.

D'une Reine autrefois nos jeunes ouvrières
Reçurent des leçons.

La reine Mathilde passe pour avoir brodé elle - même
une partie de la tapisserie représentant la conquête d'Angleterre. Il n'est pas à douter que c'est un ouvrage de son
temps. La rusticité du dessein, la roideur des personnages
et le caractère des ornemens, quelques détails, surtout, qui
n'ont pu intéresser que des contemporains et sur lesquels l'histoire est muette, sont une preuve en faveur de la tradition. Outre la mention qu'en font plusieurs auteurs anglais,

tels que Hume et Ducarel dans ses *anglo-norman antiqui-
ties* , les mémoires de l'Académie des Inscriptions et les
antiquités de la Monarchie française du père Montfaucon
en contiennent des gravures ; celles que ce dernier a pré-
sentées dans son second volume sont les plus exactes. Si
la dissertation explicative dont les unes et les autres sont
accompagnées ne contenoit la valeur de plus de 40 pages
in-folio , on se seroit fait un plaisir de la détacher en entier
de ces grands ouvrages, qui ne peuvent être que dans la
main d'un petit nombre de curieux. Quelque intérêt que la
lecture de cette dissertation eût pu inspirer , c'eût été de
beaucoup outrepasser les bornes de cette brochure. Il suffit
d'en donner une légère idée.

La toile a environ 212 piés de longueur sur 18 pouces
de hauteur , et contient tous les incidens qui mirent Guillaume et Harold en relation l'un avec l'autre. C'est une
espèce de drame historique qu'on peut considérer comme
divisé en trois actes , la totalité de la pièce renfermant 55
scènes. Dans la première, Edouard, roi d'Angleterre , donne
ordre à Harold de se rendre en Normandie pour instruire
le Duc du testament par lequel il lui lègue sa couronne. Harold se rend à Bosham , une de ses terres située sur le bord
de la mer. Là , après avoir fait sa prière à la porte d'une
église, on le voit donner un repas, à la suite duquel il
gagne le rivage et s'embarque avec un nombreux cortége.
Dans sa traversée, une tempête l'accueille ; il est jetté sur
les terres du comte de Ponthieu jaloux de la prospérité

du duc de Normandie. Harold en arrivant est saisi par
le Comte qui le fait conduire dans un château fort où il le
retient. Entre les deux personnages succède un pourparler
où l'on présume qu'il s'agit de la rançon du prisonnier. Sur
ces entrefaites arrivent des courriers de Guillaume qui le
réclament. N'ayant rien obtenu, il en revient de nouveaux.
Ces derniers réussissent. La nouvelle en est portée au Duc.
Cependant Harold est tiré de prison. Le Comte et lui
montent à cheval, et suivis d'une troupe de cavaliers, ils
viennent vers Guillaume qui se présente à leur rencontre.
Harold lui est remis. Il est mené au palais ducal : ici finit
le premier acte, composé de quinze scènes.

La première scène du second manque d'inscription.
Guillaume y est assis, et l'on présume que le personnage
qui lui parle, à la tête de plusieurs hommes armés, est
Harold qui lui rend compte de sa mission ; on présume
aussi que c'est dans cette conversation que le Duc, voulant se ménager à l'avenir l'appui d'un envoyé aussi puissant,
lui promit une de ses filles en mariage. On la voit dans
la scène suivante à côté d'un prêtre qui lui pose la main
droite sur la tête. Cependant le duc de Bretagne avoit
menacé la Normandie d'une invasion. Guillaume se hâte
de se mettre à la tête de son armée. Il part. Harold l'ac-
compagne. Ils se rendent au Mont - Saint - Michel. Des
accidens surviennent en traversant les sables. Des cavaliers
sont culbutés. Harold fait usage de son extrême vigueur
pour les débarrasser ; l'armée continue de s'avancer vers

Dol où le duc Conan commence à s'effrayer et s'enfuit à Rennes. Dinan est assiégé ; les Normands , le fer et la flamme à la main, y livrent l'assaut. Conan, pour préserver une place de cette importance, revient sur ses pas et s'y renferme. Obligé de capituler , il en remet les clefs. Un traité définitif semble terminer la guerre. Le Duc, saisissant toutes les occasions de flatter Harold , l'arme Chevalier. On rentre en Normandie , et l'on se rend à Bayeux. Là , le point important de la succession au trône d'Angleterre continue d'agiter Guillaume. Redoutant l'extrême puissance de Harold , il lui fait prêter sur des reliques un serment de fidélité qu'il ne le soupçonne pas capable d'enfreindre. A peine ce seigneur a - t - il contracté cet engagement qu'il s'embarque pour l'Angleterre. Fin du second acte , contenant neuf scènes.

Harold de retour dans son pais s'empresse de se rendre auprès d'Edouard qui , courbé sous le poids des infirmités , lui donne audience assis sur son trône. Le Roi prend bientôt le lit. On reçoit ses dernières paroles ; il meurt. La cérémonie de ses funérailles s'exécute. Son corps est transporté dans une église au - dessus de laquelle une main céleste semble donner la bénédiction. Ces derniers devoirs sont à peine rendus , que , par ses intrigues, Harold parvient à se faire offrir la couronne. Tandis qu'une partie du peuple la lui décerne , une autre considère une comète dans le ciel. Harold , dans la scène qui suit , n'est pas

plutôt assis sur le trône que quelqu'un, lui parlant à l'o-
reille, a l'air de lui inspirer de l'inquiétude. Un vaisseau
dépêché en Normandie ne tarde pas à y porter la nouvelle
de ce qui se passe. Guillaume immédiatement tient conseil
et donne l'ordre de construire des vaisseaux. Des charpen-
tiers, dans les forêts, abattent des arbres. Des ouvriers,
sur le rivage, s'occupent de la construction. Les navires
achevés sont traînés à la mer. Il s'agit d'y transporter les
munitions de toute espèce telles qu'armes, pain, viandes,
etc.: ce qui se fait. L'armée normande **arrive**, et s'embarque.
La flotte fait voile et arrive à Pevensey. La cavalerie
descendue se précipite du côté de Hasting pour s'y procurer des vivres. Ayant saisi des animaux de toute espèce,
on les met à mort sous l'inspection d'un chef armé de pied
en cap. Les alimens s'apprêtent, et des officiers les servent
sur différentes tables dont la bénédiction est faite par l'é-
vêque de Bayeux. Un conseil est tenu par Guillaume qui
ordonne que le camp soit fortifié. Tout le monde s'arme
de bêches et de pioches. La terre est creusée. Toutefois le
travail est interrompu, parceque le Duc apprend que son
rival approche. Il se fait une expédition sur un manoir
auquel on met le feu, et d'où s'échappe une mère emme-
nant son enfant. Bientôt Hasting est abandonné. Toute
l'armée est à cheval et galoppe dans l'intention d'aller
livrer le combat à Harold. Des courriers de part et d'autre ne cessent de rapporter les mouvemens de l'ennemi.
Arrivés en présence, les Normands sont harangués par

Guillaume qui leur recommande vigueur et sagesse. Le combat s'engage. Beaucoup de monde est tué. De ce nombre sont les deux frères de Harold. En poursuivant les Anglais, les nôtres se trouvent avec eux entraînés vers une éminence d'où les hommes et les chevaux tombent pêle-mêle. L'armée anglaise se rallie. Le désordre se met parmi nous ; mais l'évêque de Bayeux, armé de toutes pièces, lève un bâton contre ceux qui s'apprêtent à fuir. Ses paroles les raniment. Il en est besoin , car le Duc, son frère, est fortement assailli. Un coup qu'il a reçu lui a soulevé son casque prêt à tomber. La bataille devient plus opiniâtre. Tous les guerriers de Harold sont renversés ; lui-même enfin perd la vie. Un homme d'armes accourt et lui coupe une cuisse. Son armée en déroute est poursuivie ; mais le reste de la broderie a beaucoup trop souffert pour qu'on en puisse rendre compte. Le nombre des scènes est de trente - un.

La tradition ne présente pas Mathilde comme ayant seule exécuté ce travail. Elle fut , dit - on, assistée d'autres femmes, et le Poëme en fait honneur à celles de Bayeux. Tout rend ce fait probable. Bayeux étoit l'endroit privilégié où les enfans des Ducs recevoient leur éducation. L'esprit devoit conséquemment s'y diriger plus qu'ailleurs vers les idées et les occupations libérales. Odon , frère de Guillaume en étoit Évêque. Son église fut choisie pour y faire prêter à Harold ce fameux serment dont l'infraction

F

lui devint si funeste. A en croire quelques historiens il y
eut, dans cette cérémonie, des précautions mystérieuses
qui, venant à être dévoilées à Harold; lui peignirent son
engagement comme infiniment plus obligatoire qu'il ne s'y
étoit d'abord attendu. Si cette religieuse subtilité eut effective-
ment lieu, ce fut de la part d'Odon, de quelque manière qu'on
la caractérise, un service d'autant plus marquant que l'accu-
sation de parjure fit sur les Anglais, et même sur la mère
et les frères de Harold, une impression accompagnée de
beaucoup de découragement. Quarante vaisseaux que le Prélat équipa à ses frais pour l'expédition furent peut-être
un service moins réel que celui d'avoir ainsi lié la cause
de son frère aux intérêts du ciel. Guillaume à l'approche
du combat ne laissa pas ignorer qu'il portoit sur lui une
partie des reliques qui, lors de la prestation du serment,
étoient devenues garantes de ses droits. Odon lui-même armé
comme les chevaliers ne négligea pas au milieu de la mêlée
de faire valoir une circonstance si propre à inspirer de la
confiance aux Normands et de l'inquiétude aux Anglais.
Après leur défaite, on sait de quels hauts titres et de
quelle autorité ce prélat fut investi. Ses richesses devin-
rent immenses. Les dépouilles de l'ennemi firent passer
433 fiefs dans ses mains. Tant de dons de la part du nouveau Roi ne se renfermèrent pas en Angleterre. Le siége de
Bayeux vit ses revenus portés à un point tel qu'il devint,
et n'a cessé d'être jusqu'à la révolution, l'un des deux plus
riches anciens-évêchés de France. Sa cathédrale reconstruite

par Odon ne fut pas moins richement dotée. Ce fut onze ans après la conquête que la dédicace s'en fit par Guillaume. Lui, la Reine, leurs enfans, les hommes alors les plus recommandables par leurs lumières, tels que Lanfranc et Thomas, archevêques d'Yorck et de Cantorbery donnèrent à cette solennité un éclat qui répondit à la reconnoissance de la maison royale. Tout porte à croire qu'elle fut accompagnée de la consécration du monument où Mathilde avoit pris tant de plaisir à tracer le triomphe de son mari, et fait preuve d'une attention particulière pour notre ville. De toutes celles de Normandie, Bayeux est la seule qui y joue un rôle, qui même y soit nommée. Son Évêque est de tous les Normands, après le Duc, celui qui y figure le plus honorablement. On ne doit donc pas s'étonner si une propriété si chère aux habitans a été précieusement conservée en dépit des ravages dont ils ont été plusieurs fois victimes. Que quelque ville, honorée aujourd'hui d'une marque de bonté de la part de l'homme le plus célèbre par ses triomphes, sa sagesse et son pouvoir, reçût en même temps des Dames qui l'habitent un monument de ce genre auquel l'épouse du héros auroit mis la première main, doute-t-on que, dans sept ou huit siècles, l'enthousiasme de cette ville ne conservât quelque chaleur en faveur d'un objet qui n'auroit cessé de flatter ses regadrs? Les villes ont comme les particuliers des jouissances morales dont le souvenir ne s'éteint qu'avec elles - mêmes.

(7) Page 10 , vers 20.

Que , du temps de la Ligue, on ait vu sans remords
La rage, dans leur tombe etc.

Les extravagances et les horreurs dont il est question
avoient commencé bien auparavant, à l'occasion du cal-
vinisme. La Ligue en fut le complément. La poësie, qui
ne fait ici qu'indiquer ces désordres, a cru devoir glisser
rapidement sur ce point de notre histoire. En outre qu'il
est des peintures tellement révoltantes que le bon goût les
proscrit , chacun a été à portée de voir que les crimes
anciennement dévoilés pour exciter l'indignation n'ont sur
d'horribles esprits d'autre effet que de leur servir d'exemple. Tandis que les cœurs honnêtes trouvent un adoucisse-
ment à leurs maux dans une lecture qui leur retrace l'en-
chaînement inévitable de toutes les catastrophes politiques,
l'homme de sang y puise des moyens de succès. C'est le
vaisseau à soupape de Néron qui a produit ceux de la Loire
comme c'est la St. Barthelmy qui a produit les 2 et 3 sep-
tembre. Ce danger n'est sans doute plus à craindre pour
la génération actuelle , mais peut - on répondre que jamais
il ne nous en succédera de plus malheureuses ? Si l'histoire
ne nous offroit que des souvenirs aimables , les bornes de
la morale en seroient plus difficiles à franchir.

(8) Page 11 , vers 8.

La flamme dévorante enlever dans les airs.

Bayeux, par l'effet des guerres, a été pillé, incendié, rasé plusieurs fois ; d'abord par les Bretons, en 846; ensuite par les Normands lors de leur 1 descente, en 850; par Rollon, en 891. Quelques années avant le milieu du onzième siècle, il fut brûlé par accident. Il le fut de nouveau, en 1106, à la suite d'un siége inutilement soutenu contre Henry III, fils de Guillaume-le-Conquérant. Le même malheur se répéta, en 1356, par la prise d'assaut qu'en fit Edouard III, roi d'Angleterre. Depuis cette époque, la ville a encore été prise et reprise plusieurs fois, mais sans éprouver d'échec aussi désastreux. Le célèbre Dunois l'enleva aux Anglais, en 1450. Vinrent enfin les troubles du seizième siècle dont il est fait mention dans la note précédente.

(9) Page 11, vers 11.

De ces siècles de plomb monumens délabrés, Lourds châteaux etc.

Ce ne sont pas les titres devenus depuis long-temps purement honorifiques, et dont nous avons vu prononcer l'abolition qui occasionnent ici les reproches faits à la féodalité. L'anéantissement de ce qu'elle eut spécialement d'affligeant et d'odieux remonte à des dates bien antérieures. Depuis St. Louis jusqu'à Louis XI, elle fut minée peu à peu. Sous Charles VIII et ses successeurs l'établissement d'un nouveau système militaire accéléra sa chute, et c'est au ministère du cardinal Richelieu que sont dûs les derniers coups essentiels qui lui ont été portés.

Ce régime si vicieux, si funeste à l'ordre social est véritablement éteint depuis deux siècles ; et certes! nulle âme sensible ne regrettera les sombres époques où la campagne hérissée de maisons de force voyoit le pouvoir effrayé s'y baricader, en attendant l'occasion favorable de faire des sorties pour porter chez ses voisins le pillage et la destruction. De tous ces repaires de la vieille terreur, il ne reste plus guères aux environs de la ville que Creuly et Colombières. Encore quelque temps, et il n'existera sous les yeux du païs aucun vestige de l'ancienne manière de se fortifier. Ces hautes tours, ces créneaux, ces meurtrières qui ont joué un si fameux rôle dans nos chroniques ne se présenteront plus à nous que par l'intermède du pinceau et de la gravure. En parlant des deux châteaux qui viennent d'être cités, on est loin de vouloir désobliger les maisons respectables qui en sont issues. L'une d'elles occupant un rang distingué dans la ville a fait voir, durant les tourmentes de la révolution, combien elle étoit attachée au bonheur public. Des travaux administratifs et des soins chers à l'humanité méritent encore, tous les jours, au chef de cette maison la considération de la ville et de l'arrondissement.

(10) Page 12, vers 1.

A Valogne endormi dans ses jeunes amours,

Dans le foible ouvrage qu'on livre au public, il eût été

flatteur de ne communiquer que des impressions douces ;
mais comment en puiser dans l'histoire de ces siècles où il
n'y avoit presque rien de noble que la force. Un trait de
générosité a été conservé sur le compte du seigneur de Rye.
On l'a saisi avec d'autant plus d'empressement qu'il concerne un grand Prince dont le nom se lie à l'histoire gé-
nérale des nations. Voici le fait :

Les comtes de Bessin et de Cotentin conspirèrent avec
leurs feudataires, et soulevèrent en général tous les seigneurs
de ce païs, pour priver Guillaume de la couronne ducale.
Celui-ci se délassoit à Valognes dont il faisoit son lieu de plai-
sance. Averti dans son lit qu'il alloit être assassiné, la nuit même, il n'a pas le temps de s'habiller tout à fait ; un mauvais cheval se présente, il en profite, se dérobe seul, passe le grand
Vey dans les ténèbres, entend à St. Clément un bruit de
chevaux qui lui annonce la rencontre de ses ennemis, est
obligé de se cacher dans une haie, reprend sa route, côtoye
la mer pour éviter la ville où réside l'un de ses deux prin-
cipaux adversaires et, vers la pointe du jour, se trouve
égaré à Rye, son cheval épuisé, lui-même ne levant plus
le bras qu'avec peine pour le frapper d'une verge qui étoit
sa seule arme. C'est là que le seigneur de Rye, vassal de
son ennemi, en sortant de grand matin de son château,
le rencontre et le reconnoît. « *Sainte Marie*, dit-il,
« *Monsieur, qui vous maine ainsi ? Qui estes-vous*,
« dit Guillaume, *qui me cognoissez ? Par ma foi*, dit
« l'autre, *l'en m'appelle Hubert de Ry, et tiens de vous*

« cette ville soubs le Comte. Dites-moi votre affaire hardi-
« ment, et ne me celez riens, car en vérité, je vous
« saulverai comme moi - même. Lors lui dit Guillaume
» comme il étoyt chassé, et tout son affaire. Quant il
« eut ouï, si le faict entrer en sa maison, et le fit boire
« et manger, et lui bailla nouvel cheval, et apella trois
« fils qu'il avoit et leur dist : veez cy votre droict seigneur,
« montez à cheval et sur toute l'obaissance que vous me
« debvez, je vous commande que vous le conduisiez à
« Falòise, et leur va dire les adresses sans entrer en
« ville ne en grand chemin, etc. »

La voie où le Duc fut ainsi rencontré porte encore son nom. Au reste, le service qui lui fut rendu étoit d'autant plus important, que trompé du côté des secours qu'il attendoit à Falaise, et voyant la majeure partie de la Normandie se soulever, il fut obligé de se retirer à Paris. Le Roi lui fournit des troupes et vint avec lui, en personne, combattre les révoltés. La bataille livrée au - dessus de Caen près d'Argences fut sanglante, et la victoire restée au Duc le remît en possession de ses états. Voir pour les détails l'histoire de Guillaume - le - Conquérant par l'abbé Prévôt.

(11) Page 12, vers 17.

Ainsi des fastueux Césars
Les titres sous nos piés sont dans la terre épars.

Voyez pages 3 et 15 de l'histoire sommaire de Bayeux,

par M. Beziers. Les médailles trouvées en construisant les
cazernes, les statues et les vases antiques découverts à St.
Floxel et dont M. de Caylus a donné le dessein et l'expli-
cation remontent la plupart au temps d'Auguste et de Jules-
César. Depuis ces écrivains, plusieurs particuliers, dans des
fondemens de vieux édifices, ont trouvé beaucoup de mon-
noie des premiers Empereurs. Il s'en rencontra, en 1775;
dans la rivière lors de la réconstruction du pont de St. Mar-
tin. Il semble qu'il auroit dû s'en découvrir dans les démo-
litions de la citadelle. On n'en a cependant pas connoissance;
mais on y a remarqué beaucoup d'entablemens, de corni-
ches, et des morceaux de colonnes chargées d'inscriptions
relatives à Septime Sévère. Les fouilles de l'hiver dernier
en ont produit sept ou huit de ce genre qui, malheureuse-
ment, se sont délitées à la gelée : elles sont encore sur la
place où l'on en peut voir les débris. La première trouvée,
en messidor an 4, fut recueillie par les membres de la commission des Arts. La colonne mutilée ne permet de lire que
les lettres suivantes.

```
P. CAES SE SE
ERO PIO PERTIN
P P PONTIF MA
THICO ARABIC
ABENIC IMP XII. C
VR ANTONIN
EL . . . . . . .
AVGDVRLVI
```

G

La commission a cru que l'inscription doit être lue ainsi
Cæsari Septimo Severo , pio , pertinaci , patri Patriæ ,
Pontifici maximo , parthico , arabico , adiabenico Imp.
XII. coss. Aurelio Antonino , etc.

Quoique les noms de plusieurs Empereurs y soient men-
tionnés , Septime Sévère en est l'objet principal. On sait
que , pour plaire à son armée, il prît le surnom de Perti-
nax , son prédécesseur, qu'il reçut ceux de vainqueur des
Parthes , de l'Arabie et de l'Adiabène ; qu'enfin il associa
à l'empire son fils Caracalla sous le nom de M. Aurele-An-
tonin. Peut-être la septième ligne , visiblement effacée à
dessein, contenoit - elle le nom de Geta, son jeune fils ,
pareillement associé à l'empire, mais à qui l'aîné ne permit
pas de jouir long-temps de cet honneur , l'ayant lui-même
assassiné. Cette conjecture des commissaires se fortifie par
les dernières colonnes récemment trouvées où la même ra-
ture a été remarquée. La dernière ligne n'a pu être expli-
quée.

La commission conserve encore une pierre sépulcrale
recueillie dans les mêmes ruines. Elle s'adresse aux Dieux
mânes d'une famille dont les noms sont inconnus. Voici
ce qu'elle porte :

> DIS MANIB
> MARTINI SEXTI FIL
> ET PERPETVAE CONIVG LIBERO
> RVMQ EORUM TEⵁILLAE ET
> MARTIALIS ET BOLANI PP ET
> DED CAVIT ARI

(12) Page 13, vers 1.

Du vieux château la taciturne enceinte
Expire,

La démolition n'en a commencé qu'à l'instant où M. Beziers faisoit imprimer son ouvrage, c'est-à-dire en 1773.
C'étoit une bastille flanquée de dix tours quarrées à l'excep-
tion d'une seule qui étoit ronde ; la porte d'entrée étoit en
face de la rue de la Maîtrise. Du haut de ses murs on do-
minoit sur toute la ville. Son intérieur calme, ses murs
tapissés de lierre, ses fossés profonds et garnis de bois-taillis
présentoient un coup-d'œil mélancolique qui ne convenoit
plus qu'aux réflexions de la douleur et à l'amour de la solitude.

(13) Page 13, vers 20.

Tels quand de Formigny les côteaux triomphans.

La bataille de Formigny est une des plus heureuses époques de l'histoire de France. En expulsant totalement les
Anglais, elle la délivra des longs malheurs qui l'avoient af-
fligée sous les règnes de Charles VI et de Charles VII. Une
chapelle élevée sur le champ de bataille consacroit le souvenir de notre triomphe. La révolution a transformé ce
monument en une grange. Ne seroit-il point possible d'y

en substituer un , tel qu'une colonne avec une courte inscription ? C'est dans ces titres de gloire que la jeunesse d'une
contrée puise l'esprit public et se dispose à des actes de
courage. Les armées se mesurèrent , le 15 avril 1450. Il y
a six ou sept ans qu'en ouvrant une ancienne carrière ,
on découvrit une multitude d'ossemens, de chevelures bien
conservées , des dents dont l'émail n'avoit nullement
souffert. Sans doute, parmi les squelettes des vaincus , il
en repose quelques - uns de ceux de nos ancêtres. Grâces
leur soient rendues ! C'est à leur sang utilement versé que
la Normandie doit l'avantage d'avoir été depuis eux à l'a-
bri de toute guerre étrangère. L'amour de notre pais nous
rend intéressans les moindres détails qui le concernent. On
sera donc flatté de lire ce que dit de cette bataille un auteur contemporain qui lui - même prît part à l'action. Cet
auteur est Guillaume Gruel , rédacteur des mémoires du
connétable de Richemont. Voici le passage :

« Le duc de Richemont étant à Coutances reçut des
lettres des seigneurs de Clermont , de Castres , de l'admiral
de Coitivy et du grand Sénéchal qui lui écrivirent que les
Anglois avoient pris Valognes , et qu'encore étoient - ils
aud. lieu, et qu'il leur sembloit qu'il devoit tirer à Saint-
Lo , dont Monseigneur fut bien mal - content ; mais toutefois il le fît , pourcequ'ils lui avoient ainsi mandé, et tira
à Saint-Lo ; de plus , cette nuit, ils lui envoyèrent un poursuivant (un hérault) qui arriva à Saint-Lo au point du
jour, lequel lui vint dire que les Anglois étoient passé le

Vez, et qu'ils tiroient à Bayeux , et qu'il se rendît à Triviéres, et que là ils se rendroient à lui, et qu'ils chargeroient toujours lesd. Anglois, en l'attendant. Donc , au point du jour, mon dit Seigneur fut le premier qui ouyt appeller le guet, et fit lever des gens pour ouvrir la porte ; et incontinent il fit sonner ses trompettes à cheval , et s'arma bien diligemment , puis ouyt la messe.

« Le 15. jour d'avril l'an 1450, après que le Connétable eut ouy la messe à St. Lo , il alla à la porte de l'église, et monta à cheval , il n'avoit pas alors six hommes avec lui au partir ; puis il chevaucha environ une lieuë , et s'arrêta pour mettre ses gens en bataille ; après il fit ses ordonnances et mît le Bâtard de la Trimouille avec bien quinze ou vingt lances devant : ensuite il envoya son avantgarde, en laquelle étoient Jacques de St. Paul, le maréchal de Loheac, le seigneur de Bossac et leurs archers ; puis il ordonna pour gouverner ses archers Gîles de Saint-Simon, Jean de Malestroit et Philippes de Malestroit. Après il ordonna pour la garde de son corps de certains gentils-hommes dont les noms suivent : premiérement Regnaud de Volaire, Pierre du Pan , Yvon de Triénna, Jean Budes , Hector Meriadec, Jean Dubois , Colinet de Ligniéres et Guillaume Gruel. Puis il ordonna des gens pour l'arriére-garde, et chevaucha en bonne ordonnance , et le plus diligemment que faire se pouvoit, tant que les premiers de ses gens arrivérent à Triviéres où bientôt après il arriva , et à l'heure qu'il s'y rendit, les Anglois saillirent de leur

bataille environ quatre cents, qui mirent en fuite bien
treize cents archers qui étoient du côté de M. de Clermont,
et gangnérent des couleuvrines dont on leur faisoit guerre ;
et si ce n'eût été les gens d'armes qui tinrent lors bon, je
crois qu'ils eussent fait un grand dommage à nos gens.

« Or comme le Connétable arriva à un moulin-à-vent
qui y est, tout étoit meslé ; sur quoi, le plustost qu'il peut,
il fit partir une partie de son avant-garde avec ceux qui
gouvernoient ses archers ; et les archers allérent passer au
bout de la bataille des Anglois, et de ceux qui avoient
fait ladite saillie sur nos gens: nos dits archers en tuérent
bien six-vingt. Puis après mon dit Seigneur vint passer
après ses archers au plus près de la bataille des Anglois,
ensuite s'approchérent la bataille et les archers de nos gens,
et vinrent vers le Connétable les seigneurs de Clermont,
de Castres, l'admiral de Coitivy, le grand Sénéchal, Ja-
ques de Chabannes, Joachim Rouaut, Geoffroy de Cou-
vran, Olivier de Bron, Odet d'Aidie, Jean de Roussevinen
et toute leur bataille, et se joignirent ainsi nos batailles
ensemble. Puis le Connétable dit à l'Admiral : *Allons vous*
et moi voir leurs contenances ; et mena mon dit Seigneur
cet Admiral entre les deux batailles, et lui demanda: *Que*
vous semble M. l'Admiral, comment nous les devons
prendre, ou par les bouts, ou par le milieu ? Et lors
l'Admiral répondit à mon dit Seigneur qu'il faisoit grand
doute qu'ils demeureroient en leur fortification (retran-
chement), et le Connétable lui dit : *Je voüe à Dieu,*

ils n'y demeureront pas , avec la grâce de Dieu. Et à cette heure le grand Sénéchal lui vint demander congé de faire descendre son enseigne à un taudis (redoute) que les Anglois avoient fait. Surquoi Monseigneur pensa un peu , puis il lui dit qu'il en étoit content; et, bientôt après, ces gens furent à ce taudis. Puis incontinent sans plus rien dire, tout le monde s'assembla pour donner dedans , et ainsi fut fait; et n'arrestèrent point les Anglois , ains furent défaits , tués, ou pris en fuite au nombre d'environ bien six mille : et y fut pris Thomas Kyriel qui étoit lieutenant du roi d'Angleterre , Henry de Norbery , et Jannequin Baquier qui demeura prisonnier d'Eustache de l'Espinay, et Mathago s'enfuit.

« Ainsi furent les Anglois taillés en piéces ; et couchérent Monseigneur et les autres Seigneurs et Capitaines sur le champ, les uns à Formigny , et les autres à Triviéres. »

Jean Chartier , autre auteur contemporain , dit que l'action dura environ trois heures , ajoutant qu'*à cette besogne* furent faits beaucoup de Chevaliers.

(14) Page 14 , vers 11.

Comme la terre , hélas ! le ciel a ses romans.

Le respectable auteur de Télémaque en a laissé un exemple dans ses opinions relatives au Quiétisme.

(15) Page 14 , vers 12.

Étoit - ce une raison de briser ces asiles.

Quatre maisons de Religieuses cloîtrées existoient dans
la ville. C'étoient autant de pensionnats où une centaine
de Demoiselles , tant de la ville que de la campagne, recevoient les principes d'une éducation soignée. Les Ursu-
lines tenoient de plus des écoles élémentaires et gratuites en
faveur de deux ou trois cents jeunes externes. Les mêmes
soins étoient prodigués à une quarantaine de pauvres par
les Dames de la Charité qui les logeoient, nourrissoient et
formoient au travail des mains. Deux autres maisons, sous
le titre de Manufactures , étoient dirigées par des Sœurs
de la Providence qui surveilloient les travaux des den-
tellières, faisoient des avances de fourniture et facilitoient
les ventes. L'une de ces maisons étoit dotée pour la nour-
riture, l'entretien et éducation de douze Demoiselles pauvres. Des Sœurs - grises, autrement dites Sœurs du Pot,
étoient à la tête du Grand-Bureau, hospice consacré aux
enfans abandonnés des deux sexes, aux infirmes et aux
vieillards. Les malades de l'Hôtel - Dieu étoient soignés
nuit et jour par vingt-cinq ou trente Religieuses qui,
pour unique dédommagement de l'occupation la plus dé-
goûtante , ne comptoient que sur les biens d'une autre
vie. Quelque sagement calculés que soient les soins de l'administration actuelle, quelque bonne volonté qu'y mettent

les infirmières, rien ne peut remplacer le renoncement
complet à soi-même et le dévouement sans bornes dont
nous avons été autrefois témoins. Je sais comme un autre
toute la portée des mots nature, humanité, pitié, bien-
faisance, philosophie, etc. . Mais je sais aussi que l'in-
différence stoïcienne s'est décorée du nom de sage. De-
mandez à ce que nous appellions des Dames en chambre
ce qu'elles pensoient des établissemens que nous avons
perdus. Ces Dames, plus en état que nous de juger de leur
propre intérêt, obligées par des raisons de fortune ou de
décence de se retirer dans ces maisons, y trouvoient, dès
le premier moment, quelqu'étrangères qu'elles fussent,
toutes les commodités, les convenances, l'empressement,
l'abandon, l'effusion d'âme et surtout un désintéressement
que nulle autre institution n'offrira si la religion n'en est
la base.

(16) Page 16, vers 14.

Heureux le goût des arts qu'un site gracieux, etc.

Les environs de Bayeux sont extrêmement agréables.
De quelque côté qu'on sorte de la ville, la verdure et
l'ombre qui garnissent les moindres sentiers font partout
hésiter sur le choix des promenades : l'art n'y est pour
rien. Tous les terrains enclos pour l'utilité forment, le
long des chemins, des berceaux naturels où l'agrément naît
du hasard. Dans l'espace de moins d'un miriamètre, trois

H

rivières arrosent parallèlement autant de vallons de la plus
riante fraîcheur. Presque point de villages ; toutes fermes
isolées , de jolies maisons de campagne d'un goût simple
où les plaisirs de l'âme respirent à l'abri de la gêne et des
rafinemens de l'ostentation. De l'eau , des bois , des fleurs ,
un aspect continuellement champêtre , un vrai jardin anglais dont tout le monde peut jouir ; de doubles fossés sur
la crête desquels beaucoup de propriétaires ménagent , autour de leurs possessions , des allées qui serpentent entre
deux haies garnies d'arbres et d'arbustes de tout genre :
simétrie aimable qui prouve du goût et des soins sans
nuire aux besoins de l'économie rustique. Tel est le paï-
sage qui nous environne. Il se peut qu'ailleurs des caprices
de la nature ménagent des tableaux pitoresques qui remuent
l'âme plus fortement ; mais on ne trouvera point de scène
plus pastorale , plus propre à faire une douce impression
aux différentes époques de la vie. Jeune ou vieux , la volupté et la philosophie y trouvent également leur compte.
Puissent les spéculations d'intérêt respecter cette richesse
sentimentale ! Autrefois chaque tronc d'arbre étoit l'asile
d'une divinité. La hache n'osoit y frapper sans des expiations préliminaires. Espérons que le goût de la culture ,
des mœurs simples , et une émulation de sensibilité pour
les vrais charmes de la nature entretiendront dans notre
païs ces voutes de verdure où le calme des sens est le prélude des sentimens affectueux.

(17) Page 17 , vers 7.

Et le trident sacré qui domine la ville.

Les trois pyramides de la cathédrale , qui présentent de loin un coup-d'œil si imposant, ont reçu , comme l'intérieur de l'édifice , les atteintes portées à toutes les églises par les secousses révolutionnaires. Le désir de mutiler les croix dont chaque tour étoit surmontée , fit prendre , dans des momens tumultueux, une résolution irréfléchie qu'un militaire se chargea d'exécuter. Cet homme qui , dans ses jactances grossières , prenoit plaisir à se faire nommer *Barbare* fut d'une témérité sans exemple : elle mérite d'être citée. Après avoir opéré sans accident sur la tour de l'horloge, il établit son échaffaudage à la pyramide septentrionale. Son audace faisoit son triomphe. Là , perché à toute heure sur des planches suspendues en équilibre autour du fer de la croix , il se plaisoit à faire plonger sa forte voix dans tous les quartiers de la ville. Ses fanfaronnades familiarisoient le public avec l'idée de son danger : elles l'aveuglèrent lui-même. Il lui tomba dans la fantaisie de s'établir un pont de cordes entre les pointes des deux pyramides ; et cela, sans bouger de celle où il se pavanoit. Après huit ou dix jours de vaines tentatives, il eut enfin recours à un moyen ingénieux. Il consistoit à s'entortiller la main d'une longue ficelle terminée par une ou plusieurs balles de plomb. La déployant ensuite

par un mouvement de rotation , la balle insensiblement
éloignée de sa main , alloit , en décrivant une ligne spi-
rale , s'accrocher à la croix de la pyramide opposée. Lorsqu'une vingtaine de ficelles eurent été ainsi lancées et as-
sujéties , il les tressa et de leur réunion forma une corde,
en état de soutenir le fardeau le plus pesant. Malheureu-
sement il n'avoit pas calculé le peu de résistance que
devoient lui présenter les deux points d'appui. Le pié de
chaque croix devenoit un lévier puissant auquel la maçon-
nerie ne pouvoit résister. Le malheureux manqua d'en
être victime. A peine affourché sur sa corde , les deux
sommets fléchirent. Celui du midi , totalement disloqué,
s'éboula, L'autre par bonheur se soutint courbé sur des
branches de fer dont la liaison des pierres avoit été ori-
ginairement consolidée. Sans cette heureuse circonstance,
l'auteur de la tentative étoit perdu ; on ne le vit se ga-
rantir de la chute la plus effroyable qu'au moyen d'une
foible corde à laquelle il resta suspendu pendant quelques
secondes, obéissant à plusieurs oscillations qui ne lui firent
pas perdre la tête. On peut dire que sa vie ne tint qu'à
un fil. La croix , la boule et l'échaffaudage menaçant ruine
sur sa tête tenoient à si peu de chose que , quinze jours
ou trois semaines après , ils tombèrent d'eux-mêmes.

(18) Page 17 , vers 14.

Si l'Aure avec sa sœur de leur onde quinteuse
Ne font plus refluer la course ténébreuse.

La Drome et l'Aure, en se perdant dans la fosse du Souci, n'y rencontrent pas des canaux assez larges lorsque des crues d'eau extraordinaires viennent à s'y précipiter. Il en résulte des inconvéniens que depuis long-temps on ne cesse de mettre sous les yeux de l'administration. L'ouverture d'un canal ordonnée, il y a onze ans, fut interrompue par la dépréciation du papier-monnoie, et n'a point été reprise depuis la circulation du numéraire. Il seroit cependant bien important de terminer cet ouvrage. Le cours souterrain des rivières, en variant sa direction, mine les terres et occasionne des éboulemens subits qui menacent d'engloutir des corps de ferme : plusieurs fois des gouffres se sont entrouverts dans les rues mêmes du village de Port. D'un autre côté l'engorgement de la fosse expose toute la vallée d'Aure depuis Trévières jusqu'à Isigny. Il suffit d'un violent orage en été pour y causer des pertes ruineuses : l'an trois en fournit un exemple. Des commissaires envoyés par l'autorité, pour vérifier le dommage, en dressèrent un état détaillé dont l'évaluation montoit à 191,752 quintaux de foin ; il y avoit, de plus une maison détruite, treize vaches et une jument noyées. Non-seulement la confection d'un canal préviendroit ces accidens, mais il ménageroit de grandes facilités pour le nettoyement et le rétablissement du bassin de Port qui seroit si utile à la navigation. L'auteur a cru que des considérations si intéressantes lui feroient pardonner la fiction qu'il s'est permise dans les vers suivans. Elle a du moins le mérite de faire saisir avec facilité

un point de physique et de topographie qui a mérité l'attention de l'Académie des sciences. M. Guettard , dans
un rapport fait en 1758 , lui donna , sur la fosse du Souci
et le cours naturel des deux rivières , des idées qui ne
paroissent pas exactes. Voir son mémoire.

(19) Page 17 , vers 24.

Vous qui , fières d'avoir , l'une , vu le bon goût
Applaudir dans Mondaye aux talens de Restout,
L'autre , dans Balleroy, vu les brillans génies
De Mansard et le Moine exercer leurs magies.

Ce n'est point du célèbre Restout dont il s'agit, mais
de son frère , religieux à l'abbaye de Mondaye. Il sut
occuper ses loisirs d'une manière utile et honorable pour
la communauté. L'église, construite sur ses plans, est d'une
conception heureuse et d'une architecture élégante. Il orna
son enceinte de quantité de tableaux. Une partie transfé-
rée dans la cathédrale prouve qu'il n'étoit point un amateur
sans mérite. Ce ne sont à la vérité que des copies tra-
vaillées d'après la gravure. Si elles ne sont pas aussi soignées
qu'elles pourroient l'être, il faut considérer l'étendue de
son entreprise, et le désir sans cesse renaissant de faire
beaucoup et de jouir promptement.

Mansard et le Moine n'ont pas besoin d'éloge. C'est
en effet l'architecte des invalides qui fut celui du château

de Balleroy. Le plafond qu'on y admire a aussi été exécuté par le pinceau auquel est dû celui du salon d'Hercule à Versailles.

(20) Page 20, vers 20.

Que ne puis-je, en mes chants devançant l'avenir,
Déjà bénir la main qui daignera fournir
Aux troupeaux un rempart, aux vaisseaux un asile !

Ces derniers vers et le morceau qui les précède ont été subordonnés à des observations physiques et de simples vues d'utilité. Il ne faut cependant pas omettre que la poësie, sous un autre rapport, s'étoit déjà occupée des singularités de la fosse du Souci. Ségrais, qu'elle avoit intéressé, s'abandonna, il y a 150 ans, à tout le jeu de son imagination. Comme son poëme d'Athis est peu connu, on ne sera pas fâché d'en trouver ici un mot. C'est un roman pastoral dont les personnages portent la plupart le nom de quelques endroits voisins de la ville de Caen, tels qu'Athis, Ardenne, Cormel, Colombelle, Marcelet, Marmion, etc. Le berger Athis épris de la nymphe Isis ne peut vaincre ses rigueurs. Long-temps il se livre à des langueurs amoureuses dans le goût du Pastor-fido et de l'Astrée. La bergère Ardenne qui l'aime a beau vouloir le dédommager ; il la fuit, et, déplorant la sévérité de celle qu'il adore, il prend le parti d'abandonner la contrée. L'égarement de sa douleur le conduit à la fosse du Souci. Son absence

commence insensiblement à faire impression sur le cœur
de sa nymphe. L'ingrate Isis cesse de l'être, et ne tarde
pas à préférer le cœur du berger absent aux brillans hommages de Marmion, roi du Bessin. Athis fatigué de sa
retraite prend le parti de retourner dans ses bois. Il y
trouve enfin la douceur d'être aimé, mais les parens de
la nymphe et les intrigues du Roi retardent sa félicité.
Un certain *Anas*, favorisant les amours du trop puissant
et cruel Marmion, aide à tendre un piége funeste au malheureux berger. Sur la rivière d'Orne étoit une barque
dont celui - ci profitoit pour se procurer des entrevues
secrètes. La barque se trouve enlevée. Athis désespéré,
dans la crainte de manquer l'heure du rendez-vous, se
jette à la nage. Au milieu de l'eau il est atteint d'une flèche
que Marmion lui a lancée. Mortellement blessé, il n'a que
la force de gagner le rivage où il expire. La bergère sur-
vient ; sa vue et son cœur sont déchirés. Ne pouvant
survivre à sa perte, elle s'immole ; les Dieux les méta-
morphosent en Ifs. Qant à *Anas* qui a occasionné leur
malheur ; rongé de remords, il est changé en canard, et
sans cesse errant tristement le long de la rivière : c'est à
son cri monotone que la ville de Caen doit son nom. Voici
le passage qui concerne la fosse du Souci.

Extrait du poëme d'Athis, chant 2ᵉ.

Un lieu qu'on nomme encor la grotte du Souci
Nous dit que sa douleur la fait nommer ainsi,

Et l'on tient que ce fut pour la longue retraite
Qu'en ce célèbre endroit ce triste amant a faite,
Long-temps il admira ce gouffre merveilleux
Qui par tout l'univers est maintenant fameux,
Cet abîme admirable où deux grandes rivières
Loin du vaste océan s'engloutissent entières,
Et par mille canaux cachés et souterrains
Vont dérobant leur course à l'aspect des humains.
Mais, certes! en ce point une si grande chose
Mérite bien qu'au moins on en sache la cause.
Le berger l'ignoroit; mille et mille aujourd'hui
Qui l'admirent encor l'ignorent comme lui.
Ce n'est point une fable. On en voit mille preuves :
Athis l'apprit du Dieu de l'un de ces deux fleuves
Qui vivement touché de ses tristes sanglots
S'apparut sur la rive et lui tint ce propos,
Un jour que dans l'excès de sa douleur profonde
Il troubloit de ses pleurs le cristal de son onde.

O toi, qui que tu sois, mortel, si c'est l'amour
Qui t'attire en mes bords de ton natal séjour;
Si racontant ses maux ils sont plus supportables
Si c'est un réconfort de trouver ses semblables,
Viens vivre plus content dans ces sauvages lieux;
Apprends y que ce Dieu n'épargne pas les Dieux.
Aure est mon nom, berger, et cette nymphe aimable
Qui se plonge avec moi dans ce gouffre admirable
Est la paisible Dromme, hélas! et c'est ma sœur.

I

D'où vient qu'un nom si doux est pour moi sans douceur !
Tous deux du haut Calmont * tirant notre naissance,
Voisins pour mon malheur au sortir de l'enfance,
Nous voyant tous les jours, trop imprudent ruisseau,
Je me laissai charmer au doux bruit de son eau ;
Et, sans considérer que je faisois un crime
Qui des Dieux armeroit le courroux légitime,
Je ne pus m'empêcher au fort de mes amours
De la presser de joindre avecque moi son cours.
Mon erreur étoit grande, et je la connois telle.
Mais, berger, j'étois jeune et je ne voyois qu'elle :
Et le plus froid ruisseau, de sa vive clarté,
Si tu t'y connois bien pourroit être tenté.
Ainsi, m'abandonnant à mon ardeur impure,
J'allois la cajolant de mon plus doux murmure,
Et cachant mon amour sous le nom d'amitié,
J'espérois qu'à la fin elle en auroit pitié.
Déjà, ce me sembloit, elle étoit moins sévère
M'appelloit plus souvent, cher Aure, que son frère,
Quelquefois en secret m'accordoit un baiser,
Quand mon père le sut qui s'y vint opposer.
Non loin de nous étoit une Naïade altière
Qui méprisoit les Dieux de toute autre rivière.
Elle s'appelle Seule, et coulant seule aussi,
C'est pour cette raison qu'elle s'appelle ainsi :
Cent fois, pour détourner mon ardeur criminelle
Mon père me voulut marier avec elle

* Aujourd'hui Caumont.

Mais je ne pus jamais son orgueil supporter,
Et puis, quelqu'un peut-il son destin éviter ?
Mon père, comme un mont d'humeur hautaine et fière,
Long-temps pour me punir tint mon eau prisonnière,
Sépara nos deux lits, chassa bien loin ma sœur,
Et mit entre nous deux sa plus grande épaisseur.
Dromme sensiblement de cet obstacle outrée
Résolut comme moi de quitter la contrée,
Puis chacun prît sa route : envain dans son courroux
Le mont autant qu'il put s'étendit entre nous.
Nous retrouvant enfin dans ce lieu solitaire,
Nous étions en état de braver sa colère :
Libres, nous ne songions qu'à nous entretenir,
Et nos ondes déjà commençoient à s'unir ;
Mais mon père nous vit du plus haut de sa cime,
Et ne pouvant lui - même empêcher notre crime :

  O roi des mers, dit-il, d'un ton si furieux
Qu'au lieu d'en retentir en trembloient tous ces lieux,
Neptune, si jamais faisant fumer ma tête,
J'ai su prédire au vrai la prochaine tempête,
Et si, servant bien loin de phare aux matelots,
Je les ai sûrement guidés parmi les flots ;
Montre aujourd'hui qu'un Dieu prend part à ma disgrace,
Et cache au moins au jour la honte de ma race :
Ainsi parla le mont, et le Dieu l'entendit :
Son bras en même temps contro nous s'étendit ;
Et de son fort trident frappant toute la plage,

Par cet affreux rocher nous ferma le passage,
Et de nos eaux ainsi la criminelle amour
Nous prive pour jamais de la clarté du jour.

(21) Page 20 , vers 27.

Que l'anglaise Arachné sur nos rives descende, etc.

Notre païs a beau être essentiellement agricole, sa culture n'exige pas l'emploi exclusif de tous les bras. L'usage
des mécaniques y occuperoit avantageusement les hommes.
Il y a des désœuvrés qui ne tirent leur subsistance que
du travail de la dentelle dont s'occupent leurs femmes
et leurs filles. En proposant d'établir des machines pour
la filature, on ne s'expose à aucune des objections essuyées
dans les endroits où l'usage est de filer à la main. Nos
tisserands peu nombreux se multiplieroient bientôt. Ce
qui les décourage aujourd'hui, c'est le prix auquel la ma-
tière est déjà portée avant de passer par leurs mains. Sans
moyens d'abréviation dans le travail préliminaire, il ne
leur est guères facile de soutenir la concurrence des fa-
briques où l'on y a recours.

(22) Page 21 , vers 17.

Ingénieuses eaux, de Malherbe autrefois, etc.

Immédiatement avant de traverser Tilly où une fabrique

de papier occupe ses eaux, la Seule arrose, dans Juvigny, les approches du parc et du château de Malherbe. Les jardins et les bosquets joignent à un coup-d'œil noble un intérêt vif pour les Muses. Un berceau y couronne le buste du premier de nos poëtes. Sur son piédestal est écrit : *Enfin Malherbe vint...* Heureux qui, distinguant le prix d'une application si délicate, y joint cette touchante émotion qui animoit l'auteur dans son inimitable strophe de la Cabanne et du Louvre !

(23) Page 21, vers 25.

Qu'ils disent quel poumon par sa vive vapeur, etc.

Les différentes pompes à feu établies à la mine de Littry,

(24) Page 24, vers 14.

Souvent, sur la colline où régnoient les Druïdes...

Que l'une des trois plus célèbres écoles de Druïdes établies dans les Gaules existât dans le territoire de Bayeux, c'est un point de fait sur lequel les auteurs sont d'accord. Mais on parle d'un temple existant sur les hauteurs de St. Vigor, autrefois nommées le Mont-Phaunus. Or on sait que les Druïdes regardoient toute enceinte de pierres comme peu digne de la majesté de l'Être-Suprême. C'étoit dans la vaste étendue des forêts, sous ces ondoyantes

arcades qu'exhausse annuellement la main de l'éternel architecte, qu'ils croyoient annoblir les hommages de la terre,
Ce qu'on a donc pris pour un temple pouvoit bien n'être que
leur habitation regardée sans doute par le peuple comme un
asile aussi sacré que l'étoient ailleurs les sanctuaires de
la Divinité. Si l'on réfléchit que l'usage des premiers chré-
tiens étoit d'élever leurs églises sur le lieu même où s'exer-
çoient les cérémonies païennes, l'oratoire construit par St.
Exupère autorise à penser qu'il le fut dans l'emplacement
où les Druïdes s'acquittoient des leurs. Le voisinage des
lieux placés sur la même colline se prête à cette idée que
l'auteur du poëme a suivie ; le Mont-Phaunus comprenoit
toute l'élévation qui s'étend depuis l'emplacement du pont
Trubert jusqu'au hameau de Bellefontaine.

M. Beziers parle d'un autre de leurs temples, situé dans
Bayeux même, sous l'église et la rue St. Laurent. Cet
édifice, en effet, existe, et le poëme en parle, mais sim-
plement comme d'un palais destiné aux assemblées publi-
ques. La quantité et la variété des marbres travaillés qu'on
y a découverts, en 1760, a permis de lui supposer quelque magnificence. S'il étoit important de découvrir quelle
en étoit la destination, on pourroit y parvenir par des
fouilles, et peut-être trouveroit-on que c'étoient des bains.
Deux voutes y sont élevées au-dessus l'une de l'autre. L'aire
inférieure doit se trouver à peu près au niveau du lit
de la rivière qui coule à moins de cinquante pas. Cette
circonstance jointe au peu d'élévation des voutes, et le

goût de décoration que les anciens apportoient dans leurs bains déterminent cette conjecture. La commission des Arts, en l'an 3, sollicita du comité d'Instruction publique l'autorisation de fouiller, avec une somme convenable pour exécuter le travail en grand. Quinze cents livres lui furent annoncées.; mais la déperdition du papier et des besoins plus urgens firent manquer une recherche que l'intérêt des arts ne cessera de réclamer.

Quant aux sacrifices humains, nul trait particulier de notre histoire n'en fait mention. Pour en faire un épisode, il suffisoit qu'on sache en général qu'ils étoient usités parmi les Druïdes. Quelque horreur que doive inspirer un si déplorable genre de superstition, l'auteur n'a pas cru devoir en peindre les ministres sous des traits odieux. En outre qu'il a tâché de les présenter tels qu'ils s'offroient réellement, on ne peut se dissimuler que leur égarement a été celui de tous les peuples encore plongés dans l'enfance de la civilisation. Il y a plus ; les Druïdes n'étoient pas bornés aux fonctions du culte ; ils y joignoient la puissance politique ; et les moyens nécessaires pour contenir ou diriger des peuplades à demi-barbares exigent des ressorts que nous avons peine à nous figurer. Si tous les membres de la cité ne sont individuellement intéressés à la répression des crimes secrets, plus d'ordre, plus de liaison dans l'état. Chacun épouvanté par l'idée des vengeances célestes, inspiroit à ceux qui l'entouroient les principes d'une morale dont l'oubli pouvoit lui être funeste à lui-même.

Aujourd'hui, sans doute, un sacrifice exigé, au nom du
ciel, par des hommes susceptibles d'arbitraire nous sou-
levroit d'indignation. Une idée mieux conçue de la Divinité, une police plus éclairée, ses mesures rarement en
défaut permettent à la philosophie une censure aussi aisée
qu'elle est satisfaisante pour l'homme probe. Mais, tout
en continuant de vouer à l'exécration un acte aussi cruel,
plaignons les erreurs de l'esprit humain, et ne nous fi-
gurons pas que les auteurs de ces sacrifices fussent des
assassins pour le plaisir de l'être. Il est doux de croire qu'ils
prenoient des moyens convenables pour que de mauvais
sujets en fussent seuls les victimes. Cook, dans ses voya-
ges, a remarqué que cette précaution est prise par les
insulaires de la mer pacifique qui croient appaiser leurs
Dieux de cette manière. On a pu supposer que les Druïdes
n'en faisoient pas moins.

Au reste, ces meurtres sacrés n'accompagnoient pas
toujours la cérémonie du gui. Celle-ci, quelques en fussent les accessoires, devoit laisser une impression bien
durable, puisque, malgré l'éloignement du temps, et les
révolutions qui effacent tout, il continue d'en exister,
parmi le peuple, un simulacre qui se répète tous les ans,
vers le solstice d'hiver. Que la lueur de ce qu'il appelle
des *coulines* représente le bûcher des sacrifices, ou sim-
plement les flambeaux dont chacun se munissoit pour aller,
la nuit, voir cueillir le gui dans la forêt, un cas comme

l'autre suppose le souvenir de cette fête propitiatoire. Le cri usité en est la preuve. Bayeux et le Bessin intéressés à la prospérité de leurs pâturages, ont conservé celui de : *Couline vaut lolot* (*lolot*, terme enfantin qui signifie du lait.) Le cri, dans les campagnes de Caen, du côté de Chartres et de la Bretagne est : *Au gui, l'an neuf !* (au gui de la nouvelle année.) Sans cette pratique, la crédulité de certaines têtes n'oseroit compter sur une bonne récolte. A dire vrai, ce n'est plus, pour le très - grand nombre, qu'une occasion d'amusement.

(25) Page 25, vers 1 .

L'Aure alors admiroit sur sa rive
L'éclat de ce palais, etc.

Voir le second paragraphe de la note précédente concernant l'édifice placé sous l'église St. Laurent.

(26) Page 28, vers 23.

Semblable au sage Alain, l'honneur de nos annales, etc.

Il s'agit d'Alain Chartier, né à Bayeux dans la paroisse St. Mâlo, vers la fin du XIV⁰ siècle. Poëte, historien, orateur, on lui donna le nom de père de l'éloquence française. Sa qualité d'ambassadeur auprès de différens Souverains lui mérita leur estime. Il fut secrétaire de Charles

K

VI et de Charles VII, poste dans lequel il eut le rare
talent de se faire autant chérir qu'admirer. Dormant un
jour dans une salle du Louvre, la Dauphine le vit, s'en
approcha doucement et le baisa. Cette faveur fit sourire
les courtisans. Rassurez-vous, dit gaiement la princesse,
je n'ai pas baisé l'homme, mais la bouche qui a prononcé
tant de belles choses. Voir le Dictionnaire historique.

En citant, aux jeunes gens dominés d'un vrai goût pour
l'étude, l'exemple du sort honorable dont jouit Alain
Chartier, ils doivent voir avec plaisir que l'admission
aux premières places de l'état est aujourd'hui beaucoup
plus facile que de son temps. Toutefois le mérite, même
le plus transcendant, ne pouvant toujours être sûr d'y
atteindre sans des à - propos, d'heureuses circonstances
et un jeu imperceptible d'intérêts et de volontés indé-
pendant de nous ; le bonheur étant d'ailleurs rarement
attaché à des places si éminentes, il convient à leur jeune
ambition d'observer qu'en remplissant des fonctions su-
bordonnées au milieu de nos proches, de nos amis, de
tous ceux qui nous ont vu naître, nous travaillons infiniment mieux à notre propre félicité. Soit qu'ils rendent
un jour des services religieux, administratifs, judiciaires
ou industriels, on peut d'avance leur dire : Dans vos
foyers plus qu'ailleurs, au noble et sage emploi de vos
momens succéderont des souvenirs animés, une satisfac-
tion intérieure qui, parmi les loisirs de la solitude ou le

mouvement de la société, ne cesseront de converser agréa-
blement avec votre âme. Il n'y aura aucun des objets
précédemment soumis à votre sollicitude qui ne réveille
en vous une pensée honnête, un sentiment délicat, qui
ne vous attache enfin pour la vie au séjour de vos ancêtres, et ne fasse lire dans vos yeux, à l'époque la plus
reculée de votre âge, ce vers si aimable de Virgile :

Aspicit, et dulces moriens reminiscitur Argos.

F I N.

FAUTES A CORRIGER.

Page 14, ligne 11 : la cicl. *Lisez* le ciel.

Page 19, ligne 7 : ta vu. *Lisez* t'a vu.

Page 31, ligne 7 : Gallia. *Lisez* Galliæ.

Page 44, ligne 18: Barthelmy. *Lisez* Barthelemy.

Page 64, ligne 19 : Qant à. *Lisez* Quant à.

Idem, dernière ligne : la fait. *Lisez* l'a fait.

Page 70, ligne 2 : annoblir *Lisez* anoblir.

www.ingramcontent.com/pod-product-compliance
Lightning Source LLC
Chambersburg PA
CBHW070810260626
47161CB00006B/2231